BIBLIOTHÈQUE CHRÉTIENNE
DE L'ADOLESCENCE ET DU JEUNE AGE
Publiée avec approbation
de Monseigneur l'Evêque de Limoges.

La bonne mère

HISTORIETTES

ET

CONVERSATIONS

traduit de l'anglais

PAR Mme BARBAULT.

LIMOGES

F. F. ARDANT FRÈRES,
Avenue du Midi, 7.

PARIS

F. F. ARDANT FRÈRES,
quai du Marche-Neuf, 4.

HISTORIETTES ET CONVERSATIONS.

Viens ici, Charles.

Viens auprès de maman.

Dépêche-toi.

Assieds-toi sur les genoux de maman.

Maintenant, lis ton livre.

Où est l'épingle pour indiquer les mots?

Voici une épingle.

Ne déchire pas le livre.

Il n'y a que les méchants garçons qui déchirent les livres.

Charles aura une jolie leçon nouvelle.

Epelle ce mot : Bon Dieu.

Maintenant, va jouer.

Où est Minet ?

Minet s'est fourré sous la table.

Tu ne peux pas attraper Minet.

Ne le tire pas par la queue, tu lui fais mal.

Caresse le pauvre Minet. Tu le caresses du mauvais côté. Voici le bon côté.

Mais, Minet, pourquoi as-tu tué le lapin ?

Tu dois attraper les souris, tu ne dois pas tuer les lapins.

Hé bien ! que dis-tu, as-tu tué le lapin ?

Pourquoi ne parles-tu pas, Minet?

Minet ne peut parler.

Charles donnera-t-il à manger aux poules?

Voici du grain pour les pigeons.

Oh! les jolis pigeons!

Le soleil luit. Ouvre tes yeux, petit garçon. Lève-toi. Prie Dieu.

Maman va habiller Charles.

Descends, viens déjeuner.

Bonne, donnez du lait chaud au pauvre petit garçon qui a faim.

Ne répands pas ton lait.

Tiens la cuiller dans l'autre main.

Ne jette pas ton pain à terre.

Le pain est pour manger, tu ne dois pas le perdre.

Le blé fait le pain.

Le blé croît dans les champs.

L'herbe croît dans les prés.

Les vaches mangent l'herbe.

Les moutons et les chevaux mangent de l'herbe.

Dieu fait pousser le blé et l'herbe.

Les petit garçons ne mangent pas d'herbe. Non , ils mangent du pain et du lait.

—

Les lettres font des syllabes.

Les syllabes font des mots.

Plusieurs mots font une phrase.

C'est une chose très agreable que de savoir bien lire.

Quand tu seras plus âgé, tu apprendras à lire.

Il y a longtemps, papa ne pouvait ni lire, ni dire ses lettres.

On ne sait rien du tout quand on vient de naître.

Si tu apprends un peu chaque

jour, tu en sauras bientôt beaucoup.

Maman, pourrai-je jamais savoir tout ce qu'il y a à apprendre ?

Non, jamais, quand bien même tu vivrais plus longtemps que l'homme le plus âgé ; mais tu peux apprendre chaque jour quelque chose.

Papa, où est Charles ?

Ah ! où est le petit garçon ?

Reste tranquille, ne bouge pas.

Papa ne peut pas trouver le petit garçon... Ah ! le voilà. Il est sous le tablier de maman.

Monte à cheval sur la canne de papa.

Voici un fouet. Fouette, cocher.

Je voudrais monter un cheval vivant.

Louis, sellez le cheval pour le petit garçon.

1.

Le cheval piaffe, il secoue la tête, il dresse ses oreilles, il part.

Tiens-toi ferme ; prends garde qu'il ne te renverse ; il va l'amble, il trotte, il galope..... le cheval s'abat. Le pauvre Charles roule dans la poussière.

—

Ecoute !.... le cor du chasseur résonne !

Les chiens de chasse courent.

Vois-tu leurs longues et traînantes oreilles.

Les chevaux sont écumants.

Vois comme ils renversent les palissades du fermier.

Maintenant, les voilà qui sautent le fossé.

Un, deux, trois.

Ils sont tous passés au-delà.

Ils vont courir après le lièvre.

Pauvre petit lièvre ! je crois que tu vas être attrapé.

En Allemagne , on fait la chasse au sanglier sauvage.

—

Les Anglais aiment le bœuf rôti et le plum-pudding.

Le Hollandais aime le fromage et les harengs saurs.

Le Français aime la soupe et la salade.

Les Italiens aiment le macaroni.

Les Allemands. aiment le jambon et la choucroute.

—

Les Turcs sont assis les jambes croisées sur des tapis.

Les Nègres. sont noirs , leurs mains sont noires et leurs figures sont noires , et tout leur corps est noir. Cela ne peut se laver, c'est la couleur de leur peau. Les Nègres ont le nez plat, les lèvres épaisses et les cheveux noirs, tout frisés comme de la laine.

Les Indiens, dans l'Amérique du nord, on la peau couleur de cuivre.

Les Groënlendais boivent de l'huile de poisson.

Les Russes voyagent dans des traîneaux sur la glace.

Du feu et de la fumee sortent du mont Vésuve.

Les Hollandais voyagent dans des bateaux, sur des canaux.

Viens donner à maman trois baisers.

Un, deux, trois.

Les petites filles doivent toujours venir lorsque maman les appelle.

Mouche ton nez.

Voici un mouchoir.

Viens ici, que je peigne tes cheveux.

Reste tranquille.

Voici la boîte à peigne, que tu vas tenir.

La robe est détachée.

Agrafez mon soulier, je vous prie.

Quelqu'un frappe à la porte.

Ouvrez la porte.

Entrez.

Prenez une chaise.

Asseyez-vous.

Approchez du feu.

Comment vous portez-vous ?

Très bien.

Apportez du bois.

Arrangez le feu.

Balayez l'âtre.

Où est le petit balai ?

Ne reste pas si près du feu.

Ne touche pas à l'encrier.

Vois, tu as taché ta robe.

Voilà une ardoise pour toi et voici un crayon.

Maintenant, assieds-toi sur le tapis et écris.

Quel est ce bâton rouge et uni?

C'est de la cire à cacheter.

Pourquoi est-ce faire ?

Pour cacheter des lettres.

Je voudrais bien la montre de papa.

Non, tu casserais le verre.

Tu l'as déjà cassé une fois.

Tu peux la regarder.

Mets-la à ton oreille.

Que dit-elle?

Tique, tique, tique

—

Les écureuils croquent des noix.

Les singes sont très drôles.

Tu es aussi très drôle parfois.

Les petits chats sont joueurs.

Les vieux chats ne jouent pas.

Les souris grugent le fromage.

Il y a un vieux rat dans le piége.

Il a de belles moustaches et une longue queue.

Il mord ferme, il mordrait du bois.

Les hiboux mangent aussi des souris.

Les hiboux demeurent dans les granges et dans les arbres creux.

Alors, pendant la nuit, le hibou éveillé chante.

Les grenouilles vivent dans les marais.

Ne tue pas ce crapaud, il ne te fera aucun mal.

Regarde comme il a de beaux yeux.

Le serpent change de peau tous les ans.

⊙ Le serpent couve des œufs.

Le serpent ne te fera aucun mal.

La vipère est venimeuse.

Un vieux renard est très malin.

L'agneau est doux.

L'âne est patient.

Les daims se nourrissent dans les bois.

Nous mangeons la chair de bœuf.

La chair de mouton.

La chair de veau.

La chair de cochon, que l'on nomme porc.

La chair du daim, que l'on nomme venaison.

Le bélier a de grosses cornes toutes tortillées.

Les taureaux ont les cornes courtes et courbées.

Les cerfs ont les cornes en forme de branches qu'on appelle bois.

Les chamois ont les cornes en spirales comme un tire-bouchon.

N'y a-t-il pas le hibou à cornes?

Oui, on le nomme ainsi ; mais il n'a pas de cornes, il a seulement des plumes qui se tiennent toutes droites.

—

Ah! quel joli papillon.

Viens, nous allons l'attraper.

Papillon, où vas-tu donc?

Il s'est envolé par dessus le mur.

Il ne veut pas se laisser attraper.

Voilà une abeille qui suce les fleurs.

Non, elle ne te piquera pas si tu la laisse tranquille.

Les abeilles font de la cire et du miel.

Le miel est doux.

Charles aura du pain et du miel pour souper.

Les chenilles mangent les choux.

Voilà un pauvre petit limaçon qui rampe sur le mur.

Touche-le du doigt.

Ah! le limaçon s'est replié dans sa coquille.

Sa coquille est sa maison.

Bonsoir, limaçon.

Laisse-le, il va bientôt sortir encore.

Je voudrais bien mon dîner; je voudrais ma soupe.

Elle n'est pas encore prête : elle le sera tout à l'heure : alors Alphonse aura son dîner.

Mettez la nappe.

Où sont les couteaux, les

fourchettes, les * cuillers et les assiettes ?

L'heure sonne : montez le dîner.

Puis-je avoir de la viande ?

Non, la viande n'est pas bonne pour les petits enfants.

Voici des pommes de terre, des haricots, des carottes, des navets, du gâteau de riz et du pain.

Voilà des cerises.

N'avalez pas les noyaux.

Je voudrais du vin.

Quoi ! du vin pour les petits garçons ! je n'ai jamais vu pareille chose. Non, tu ne dois pas boire du vin ; voici de l'eau.

Ne remue pas ma table à ouvrage.

Alphonse, ne marche pas sur mon tablier.

Va jouer maintenant, je suis occupée.

Charlotte, à quoi servent les yeux ?

A voir

A quoi servent les oreilles ?

A entendre.

Pourquoi avons nous une langue ?

Pour parler.

Pourquoi avons-nous des dents ?

Pour manger.

Pourquoi avons-nous un nez ?

Pour flairer.

A quoi servent les jambes ?

A marcher.

Alors, tu ne dois pas être paresseuse, et te faire porter par maman ; tu dois marcher toi-même. Voici deux bonnes jambes.

Veux-tu venir nous promener ?

Va chercher ton chapeau.

Viens, allons dans les champs, nous verrons les moutons, et les vaches, et les arbres, et les oiseaux, et l'eau.

Voilà un homme à cheval.

Où allez-vous ?

Il ne fait pas attention à nous, il passe droit son chemin.

Maintenant il est bien loin.

Maintenant nous ne pouvons plus le voir du tout.

Voilà un chien.

Le chien aboie.

Eh bien, n'aie pas peur, il ne te fera pas de mal.

Viens ici, chien.

Enfants, laissez-le lécher vos mains.

Pauvre Zémire !

Charles, Charlotte et Alphonse sont fatigués, il faut retourner à la maison.

L'encre est noire, et les souliers de papa sont noirs.

Le papier est blanc, et la robe
de Charlotte est blanche.

Le gazon est vert.

Le ciel est bleu.

Les souliers d'Alphonse sont
rouges. Jolis souliers rouges.

Les coucous sont jaunes.

La table est brune.

Blanc, noir, rouge, vert, bleu,
jaune, brun.

—

Donnez-moi une prune, s'il
vous plaît?

En voici une.

J'en veux une autre.

En voici une autre. Une, deux.

J'en veux plusieurs, j'en veux
dix.

En voici dix. Une, deux, trois, quatre, cinq, six, sept, huit, neuf, dix.

Maintenant, que feras-tu de toutes ces prunes? Donnes-en à Charlotte et à Alphonse.

Bon garçon.

Voilà une épingle.

Ramasse-la.

Donne-la à maman.

Oh! ne la mets pas dans ta bouche! c'est une bien mauvaise habitude..

Pique-la sur la pelotte.

Va chercher mon panier à ouvrage.

Ne t'assieds pas dessus, tu le casserais.

Assieds-toi sur ton petit tabouret.

Que faites-vous là, maman?

Je fais une veste à Charles.

Laissez-là votre ouvrage, maman, et venez jouer avec moi.

—

Maintenant, voilà l'hiver arrive !
Froid hiver !
Il y a de la glace dans le bassin.
Il grêle.
Il neige.
Veux-tu courir dans la neige ?
Allons donc !
Faisons des boules de neige.
Quelle jolie neige ! comme elle
est blanche ! et douce !
Apportez la neige auprès du feu.
Regarde, regarde, comme elle
fond !...
Elle est toute disparue, il n'y a
plus que de l'eau.

—

Irons-nous nous promener ?
Non, il y a trop de boue.

Lorsque Charles sera plus grand il aura des bottes, et alors il pourra marcher dans la boue : il aura un joli petit cheval à lui, et une bride et un fouet, et alors il ira au bois de Boulogne avec papa.

—

Lorsque le printemps reviendra, il nous ramènera les feuilles vertes, des fleurs, les marguerites, les œillets, les violettes et les roses ; et il y aura aussi de jeunes agneaux, et de la chaleur.

Reviens, aimable printemps.

Il pleut à verse.

Regarde comme il pleut.

Les canards aiment la pluie.

Les canards nagent, et les oies nagent.

Les poules ne nagent pas.

Charles peut-il nager ?

2

Non.

Si Charles allait dans l'eau, il se noierait

Tu apprendras à nager, quand tu seras grand comme Victor.

Apportez les tasses et le thé.

Apportez le lait des enfants.

Où est le pain... et le beurre?

Où sont les flûtes et les rôties?

Voici du pain pour vous.

Les enfants ne mangent pas de beurre.

Trempez votre pain dans votre thé.

Le thé est trop chaud..., ne le buvez pas encore.

Attendez un peu.

Versez-le dans votre soucoupe.

Le sucre n'est pas fondu.

Qui est cette dame?

Ne la connais-tu pas?

Va lui donner un baiser.

Ma tante, ôtez vôtre chapeau.

On ne garde pas un chapeau dans la maison.

Les chapeaux sont pour sortir.

Prenez-moi sur vos genoux.

Viens donc.

Aimes-tu maman ?

Pauvre maman !

Charles s'est laissé tomber.

Relève-toi.

N'y fais pas attention.

Qu'est-il arrivé a ton bras?

Minet l'a-t-il égratigné ?

Pauvre bras ! donne-le moi à baiser.

Là... maintenant il est guéri.

Minet ne l'a pas fait exprès, il ne voulait que jouer.

Je me suis cogné la tête contre la table. Méchante table !

Non, pas méchante table..... mais sot garçon.

La table n'a pas couru contre Charles, c'est Charles qui a couru contre la table.

La table est restée tranquille en place.

J'ai entendu quelqu'un crier tout à l'heure. Je ne sais qui ce peut être

J'imagine que c'était quelque méchant garçon.

Les bons garçons ne crient pas.

Les petits enfants en maillot crient.

Ces petits enfants, qui ne peuvent ni parler ni courir, ne peuvent faire autre chose que de crier.

Il y a quelque temps que Charles avait des maillots et couchait dans une bercelonnette.

— Alors je criais.

— Oui, mais à présent tu ne dois pas crier. A présent tu es un petit garçon qui va à cheval sur un bâton.

Tiens, voici ta bonne maman qui revient de la fête.

Qu'a-t-elle apporté?

Elle a apporté à Charles un fusil et un sabre, à Charlotte une poupée, à Alphonse un marteau et du pain d'épices.

Elle est bien bonne.

Merci, grand'mère.

Tu dois prendre ton sabre à ton côté.

Charge ton fusil.

Maintenant, tire... Pop!

Ne mange pas tant de pain d'épices à présent.

Cela te rendrait malade.

Donne-m'en que j'en garde pour demain.

Je le serrerai dans une armoire.

Ta figure est sale.

Va dire que l'on te débarbouille.

Et qu'on te lave les mains.

Maintenant voilà un garçon propre

Ah ! voici de l'argent. Quelle est cette pièce ?

C'est de l'or. C'est une pièce de vingt francs.

Cette pièce blanche est de l'argent. C'est un écu de cinq francs.

Voici une pièce de deux francs ; en voici une d'un franc ; voilà un demi franc, et cette toute petite est un quart de franc. Elle est tombée.

Ramasse-la.

Voici un sou pour vous.

Je voudrais des pièces d'or.

Non, il faut que maman garde les pièces d'or pour acheter du bœuf et du mouton.

Voici un pauvre petit garçon à

la porte : il n'a pas d'argent du tout, ni rien à manger. Lui donnerons-nous un sou ?... Oui.

Va donc le lui donner.

—

Il fait nuit.

Apportez des lumières.

Mouchez les chandelles.

Fermez les volets.

Attendez, ne les fermez pas encore.

Regardez la lune.

O brillante lune !

O jolie lune !

La lune luit dans la nuit, lorsque le soleil va se coucher.

Le soleil est-il couché ?

Alors il est temps que les petits garçons fassent la prière du soir et aillent se coucher.

Les poules sont couchées, les

petits oiseaux sont allés coucher, le soleil est couché ;
Charles doit aller se coucher.

Le pauvre petit garçon a envie
de dormir.

Je crois qu'il faut le porter
là-haut.

Otez ses souliers et ses bas.
Otez son gilet et son pantalon.
Mettez son bonnet de nuit.
Posez sa tête sur l'oreiller.
Couvrez-le bien.
Bonsoir, ferme les yeux.
Dors bien.

—

Bonjour, petit garçon.
Comment te portes-tu ?
Apporte ton petit tabouret
et viens t'asseoir auprès de moi,
car j'ai beaucoup de choses à te
dire. — J'espère que tu as été un

bon garçon, et que tu as lu tous les jolis mots que j'ai déjà écrits pour toi. Tu as lu, me dis-tu, jusqu'à ce que tu as été las... et tu désires de nouvelles leçons ?

Viens donc, alors ! asseyons-nous.

Maintenant, toi et moi nous allons raconter des histoires.

—

Regarde Minette, comme elle dresse ses oreilles, comme elle flaire partout ! Elle flaire les souris qui font du bruit derrière la boiserie.

Minette veut entrer dans le cabinet... mettez-la dedans.

Les souris sont entrées dans l'office ; elles ont grugé les biscuits.

Ah ! voici une souris qui passe sa queue par la fente de la boiserie. Prends garde, petite souris, Minette t'attrapera; regarde, regarde, la voilà qui court! Vois comme Minette s'élance sur elle! Minette tient la souris; Minette lui a donné un coup de griffe.

Elle la laisse courir un peu.

La pauvre souris pense à se sauver par la fente de la boiserie.

Maintenant Minette s'élance encore, elle pose sa patte sur elle.

Je voudrais bien, Minette, que tu ne fusses pas si cruelle. J'aimerais mieux te la voir manger tout d'un coup.

Il fait froid ce soir, il gèle. Viens attraper Minette. Mettons-nous dans ce coin sombre. Maintenant, frotte son dos tandis que je la tiens, frotte fort... Caresse sa fourrure à contre-sens... Ecoute! elle craque, il en sort des étincelles... Le dos du chat est tout en feu.

Ce feu ne lui fera pas de mal, ni à toi non plus. Maintenant, laissons-la aller ; car elle commence à se fâcher.

Voici un morceau de quelque chose que tu n'as jamais vu avant. Qu'est-ce que c'est ? c'est de l'ambre : de l'ambre transparent et jaune.

A présent frotte-le bien dans ta main, et je te montrerai quelque chose. As-tu frotté jusqu'à ce qu'il soit chaud ? Maintenant pose-le sur la table. Approche ces brins de paille du morceau d'ambre.

Remue-le doucement. Ah ! l'ambre attire les brins de paille !..... soulève-le. Les brins de paille tiennent après l'ambre.

Qu'es-ce qui est cause de cela ?

Tu le sauras plus tard.

Quel jour est-ce aujourd'hui , Charles ?

Aujourd'hui est dimanche.

Et quel jour sera demain ?

Demain sera lundi.

Et quel sera le jour suivant ?

Le jour suivant sera mardi.

Et le jour suivant ?

Mercredi.

Et le jour suivant ?

Jeudi.

Et le jour suivant ?

Vendredi.

Et après ?

Samedi.

Et qu'est-ce qui vient après samedi ?

Hé bien donc ! dimanche reviendra encore.

Dimanche , lundi , mardi ,

mercredi, jeudi, vendredi, samedi.

Cela fait sept jours.

Et sept jours font ?

Une semaine.

Et sais-tu ce que font quatre semaines ?

Quatre semaines font un mois.

Et douze mois font une année,

Ces douze mois sont ?

Janvier, février,

Mars, avril,

Mai, juin,

Juillet, août,

Septembre, octobre,

Novembre et décembre.

———

Voici janvier. Il fait très froid. Il neige. Il gèle. Il n'y a plus de feuilles sur les arbres. L'huile est figée.

Tous les jeunes garçons glissent, il faut que tu apprennes à glisser.
Voilà un homme qui patine.
Comme il va vite ! Tu auras une paire de patins... Prends garde, il y a un trou dans la glace.

Rentrons. Il est quatre heures.

Il fait nuit. Allumez les chandelles, Marie ! donnez du bois, apportez des fagots, et faites un très bon feu

—

Février est aussi très froid, mais les jours sont plus longs et le crocus jaune commence à paraître, et l'arbre de Judée est en fleurs... et déjà l'on voit les blancs perce-neige qui montrent leurs petites têtes. Jolis blancs perce-neige, avec une tige verte ! puis-je en cueillir ?

Oui, tu le peux.... mais tu dois toujours demander la permission avant de cueillir des fleurs.

Quel bruit font les corneilles !

Co, co, co : comme elles sont occupées ! elles vont bâtir leurs nids.

Voilà un homme qui laboure son champ.

———

Voilà mars ; maintenant le vent souffle : il jetterait par terre un aussi petit garçon que toi.

Voilà un arbre renversé.

Voici de jeunes agneaux.

Pauvres petits ! comme ils se fourrent sous la haie

Quelle est cette fleur ? Une primevère.

Avril est arrivé, et les oiseaux chantent, et les arbres sont en fleurs, et les fleurs poussent ; les papillons volent et le soleil luit... Maintenant voilà qu'il pleut ; il pleut et le soleil luit. Voilà un arc-en-ciel... O quelles belles couleurs !

Joli et brillant arc-en-ciel !

Non, tu ne peux l'attraper, il est dans le ciel... il commence à disparaître... il s'efface peu à peu... Le voilà tout-à-fait parti.

J'entends le coucou... il dit cou, cou ! Il vient nous annoncer le retour du printemps.

—

Nous sommes au mois de mai. O agréable mois ! Allons nous

promener dans les champs. L'au-
bépine est en fleurs. Allons-en
cueillir sur la haie.

Voici des marguerites, et des
coucous, et des pervenches. Nous
allons faire un bouquet. Voici
un bout de fil pour l'attacher.

Sentez... quelle bonne odeur !
Victor tient quelque chose ; c'est
un nid de petits oiseaux. Il a dû
grimper sur un arbre très haut
pour les avoir.

Pauvres petits oiseaux !

Ils n'ont pas encore de plumes.
Tiens-les chaudement. Tu dois
leur donner à manger avec un
tuyau de plume. Il faut leur donner du pain et du lait. Ce sont de
jeunes chardonnerets ; ils seront
très jolis quand ils auront leurs
têtes rouges et leurs ailes jaunes :
ne les laisse pas mourir de faim.

Le papa et la maman des petits oiseaux seront très fâchés s'ils viennent à mourir.

Oh ! ne mange pas des groseilles vertes : elles te rendront malade.

—

Voilà juin arrivé. Lève-toi, Charles ! il ne faut pas rester couché si tard, maintenant. Tu dois te lever et te promener avant le déjeuner. Quel est ce bruit ? C'est le faucheur qui bat sa faulx. Il va couper le gazon, il va aussi couper toutes les fleurs... Oui, il coupera tout. La faulx et très tranchante ; n'en approche pas, car tu aurais bientôt les jambes coupées.

Maintenant il faut faire les foins... Où est ta fourche ? et ton râteau ?

Viens , étalons le foin.... à présent mettons-le en meules.

Maintenant roule-toi sur la meule de foin... Là , couvrons-le de foin.... Charles est perdu sous le foin. Comme cela sent bon !

Oh comme il fait chaud ! n'importe : il faut faner le foin pendant que le soleil brille. Tu dois bien travailler... Regarde , tous les jeunes garçons et toutes les jeunes filles sont à l'ouvrage. On leur donnera du vin , du pain et du fromage. Maintenant , mettons le foin dans la charette. Veux-tu monter dans la charette ? Ho , hé!

Le foin est pour nourrir le cheval de papa , pendant l'hiver , lorsqu'il n'y a plus d'herbe.

Aimes-tu les fraises et la crême?

Allons donc cueillir des fraises.

Elles sont mûres à présent.

En voici une très grosse. Elle est presque trop grosse pour entrer dans ta bouche. Donnez-moi une grappe de groseilles... mange-les une à une... et laisse la rafle.

Les oiseaux ont becqueté les cerises.

Où est Charlotte?... elle est assise sous un buisson de roses.

———

Le mois de juillet est vraiment très chaud. Le gazon et les fleurs sont tout brûlés, car il y a long-temps qu'il n'a plu... Tu dois arroser ton jardin, autrement toutes tes plantes mourront. Où est ton arrosoir? Allons nous promener sous les arbres; il y a de l'ombre, il n'y fait pas si chaud. Viens sous le berceau. Voilà une abeille sur le chèvrefeuille.

L'abeille cherche du miel... elle va le porter à la ruche.

Veux-tu venir te baigner dans l'eau froide... Voici de l'eau. Elle n'est pas profonde. Ote tes habits... saute dedans. N'aie pas peur. Plonge ta tête la première! Maintenant, tu es resté assez longtemps. Sors, et je vais t'essuyer avec cette flanelle.

—

Voici le mois d'août. Allons dans les champs de blé, voir si le blé est bientôt mûr. Oui, il est tout-à-fait brun, il est mûr. Fermier Richard, il faut que vous apportiez votre faucille bien aiguisée pour couper le blé : il est mûr. Manges-en, Charles, frotte-le dans tes mains. Voici le grain du blé; voici l'épi du blé : et cette tige devient de la paille. A présent, il faut l'attacher en gerbes. Maintenant, mettez dix gerbes ensemble et faites-en un bon tas. Cela s'appelle un dizeau. Mettez-le dans une charrette, fermier Richard; conduisez-le dans votre grange pour le faire battre. Chantons la rentrée de la moisson !!!

Voilà une pauvre vieille femme qui ramasse des épis de blé, et une pauvre petite fille qui est à peine vêtue... elles viennent pour glaner. Charles, donne-leur-en une poignée pleine... Prenez cela, pauvre femme!... vous en pourrez faire du pain! Pauvre femme, comme elle est vieille! elle ne peut plus courir; elle doit être bien fatiguée de se baisser ainsi.

—

Voilà le mois de septembre.

Ecoute, quelqu'un vient de tirer un coup de fusil. On chasse, on tire sur les pauvres oiseaux. Voilà un oiseau qui vient de tomber à nos pieds. Il est tout sanglant. Pauvre petit, comme il palpite! Son aile est brisée, il ne peut pas voler plus loin, il va mourir. Quel oiseau est-ce? c'est une perdrix. N'êtes-vous pas fâché, Charles? il y a un petit moment, elle vivait encore.

Apportez une échelle et posez-la contre cet arbre. Maintenant, apportez un panier... il faut que nous cueillons des pommes. Non, tu ne peux pas monter à l'échelle, tu dois avoir un petit panier pour ramasser les pommes sous l'arbre. Secouons l'arbre. Les voilà qui tombent. Combien en as-tu? Nous ferons faire un flan aux pommes.

Viens, il faut que tu aides à porter les pommes dans un fruitier.

On fait du cidre avec les pommes. On te donnera pour ton souper du pain et des poires cuites. Ces fruits-là sont-ils des pommes ? Non, ce sont des coings, qui seront bons en confitures.

—

Octobre est arrivé, Charles, et les feuilles tombent des arbres, et il n'y a presque plus de fleurs. Non, excepté des œillets d'Inde, des reines-marguerites et des chrysantèmes.

Veux-tu des noix ? Va chercher le casse-noix. Casse cette noix. Je vais te faire un petit bateau avec la coquille de la noix.

Il faut que nous aillons cueillir le raisin, autrement les oiseaux et les guêpes mangeront tout. Voici une grappe de raisin noir. Voilà une grappe de raisin blanc. Laquelle veux-tu?

On fait du vin avec du raisin. Quel oiseau tiens-tu là? Il est mort, mais il est encore très beau. Il a les yeux écarlates et ses plumes sont rouges, vertes et couleur de pourpre; il est très gros. C'est un faisan, il est très bon à manger. Nous allons arracher ses plumes pour les garder; ensuite nous dirons à Louise, la cuisinière, de le faire rôtir.

Voilà un lièvre aussi. Pauvre petit! les chiens de chasse ne l'ont pas manqué.

—

Le triste et sombre mois de novembre est arrivé. Plus de fleurs!

plus d'agréable soleil! plus de moissons ! Le ciel est noir, la pluie tombe à verse. Hé bien ! n'y fais pas attention. Nous nous assiérons près du feu, nous lirons, nous raconterons des histoires, nous regarderons des images avec Charlotte, Alphonse et Albert. Maintenant, voyons quel est celui qui lira le mieux. Bon garçon ! Voilà un petit gaillard habile.

Allons, vous aurez du gâteau.

———

Voici le mois de décembre... et Noël approche, et Louise est très occupée. Que fait-elle ? elle pèle des pommes, elle hache de la viande, elle broie des épices. Pourquoi tout cela, s'il vous plaît ? pour faire des pâtés de Noël. ils sont très bons ! Les petits gar-

çons viennent du collége à Noël.
Habillez-les chaudement , je vous
prie , car il fait très froid.

Hé bien ! nous reverrons encore
le printemps.

—

La femme de votre père est
votre mère.

Le mari de votre mère est
votre père.

Le père de votre père est votre
grand-père.

La mère de votre père est votre
grand'mère.

Le père et la mère de votre mère
sont vos grand-père et grand'mère.

Le frère de votre père est
votre oncle.

La sœur de votre père est
votre tante.

Le frère et la sœur de votre
mère sont vos oncle et tante.

Vous êtes le neveu de votre oncle.

Elisa est la nièce de votre père.

Les enfants de votre père et de votre mère sont vos frères et sœurs.

L'enfant de votre oncle et de votre tante est votre cousin.

Apporte la canne de ton grand-papa, pour qu'il puisse marcher.

Approche du feu le fauteui, de ta grand'maman.

C'est ta tante qui a tricoté cette jolie robe pour Charlotte.

Demande à papa s'il veut jouer a cache-cache avec toi.

Cache-toi sous le tablier de maman.

Lorsque ton oncle viendra, tu monteras sur ton cheval.

Partage ton gâteau avec ton frère et ta sœur.

Nous enverrons chercher tes cousines pour jouer avec vous.

Alors toute la famille sera réunie.

Combien de doigts as-tu, petit garçon ?

Voilà quatre doigts sur cette main ; et qu'est ceci ?

Ceci est le pouce. Quatre doigts et le pouce cela fait cinq.

Et combien de doigts sur l'autre main ?

Il y en a cinq aussi.

Qu'est ceci ?

Ceci est la main droite.

Et ceci ?

Et ceci est la main gauche.

Et combien as-tu de doigts aux pieds ?

Comptons.

Cinq sur ce pied.

Et cinq sur ce pied.

Cinq et cinq font dix.

Dix doigts aux deux mains et dix igts aux deux pieds.

Combien as-tu de jambes?

En voici une, et en voici une autre : Charles a deux jambes.

Combien un cheval a-t-il de mbes?

Un cheval a quatre jambes.

Combien un chien a-t-il de mbes?

Quatre; et une vache? quatre; un mouton? quatre; et Minet quatre jambes.

Combien les poules ont-elles jambes?

Va regarder.

Les poules ont seulement deux mbes.

Et les linots, et les pierrots, et

tous les oiseaux ont seulement deux jambes.

Mais je te dirai ce que les oiseaux ont : ils ont des ailes pour voler... et ils volent très haut dans les airs.

Charles n'a pas d'ailes.

Non, parce que Charles n'est pas un oiseau.

Charles a des mains. Les vaches n'ont pas de mains, et les oiseaux n'ont pas de mains.

Les oiseaux ont-ils des dents?

Non, ils n'ont point de dents.

Comment donc mangent-ils leur nourriture ?

Les oiseaux ont un bec.

Regarde les poules, elles ramassent les grains de blé avec leur petit bec. Vois comme elles mangent vite.

La bouche de Charles est douce.

Le bec des poules est dur
comme de l'os.

—

Combien les poissons ont-ils
de jambes ?

Les poissons n'ont pas de jambes du tout.

Comment marchent-ils donc ?

Ils ne marchent pas, ils nagent
dans l'eau, ils vivent toujours
dans l'eau.

Charles ne pourrait pas vivre
sous l'eau.

Non, parce que Charles n'est
pas un poisson.

Voilà un poisson que quelqu'un a attrapé. Pauvre petit
poisson ! Jette-le sur le gazon.

Vois comme il bondit... Il a un
hameçon dans les naseaux. Prends-
le par la queue. Il est glissant ; tu

ne peux pas le tenir. Regarde,
voilà des nageoires. Il a des nageoires pour nager avec ; il est
couvert d'écailles ; il a des dents
aiguës, il sera bientôt mort ; il
va mourir ; il ne peut plus re-
muer. Maintenant, il est tout-à-
fait mort. Le poisson meurt parce
qu'il est hors de l'eau, et Charles mourrait s'il était dans l'eau.

Qu'est-ce que Charles a sur lui
pour le tenir chaud ?

Charles a une robe et des jupons chauds.

Et qu'est-ce que les pauvres
moutons ont ?

Ont-ils des jupons ?

Les moutons ont de la laine,
de la laine épaisse et chaude.

Tâte-là... Oh que c'est bon et
doux !

C'est là leur jupon.

Et qu'est-ce que les chevaux
ont ?

Les chevaux ont du poil ;
Et les vaches ont du poil.

Et qu'est-ce que les oiseaux ont?

Les oiseaux ont des plumes, des
plumes douces, propres et bril-
lantes.

Les oiseaux bâtissent leurs nids
dans les arbres ; leurs nids sont
leurs maisons.

Le loup a une tanière... c'est
sa maison.

Le chien a un chenil.

Les abeilles ont une ruche.

Les cochons ont un toit.

Peux-tu grimper à un arbre ?

Non... Mais il faut que tu
apprennes.

Aussitôt que tu auras des
pantalons tu apprendras à grimper sur les arbres.

Demande à Minet de te montrer. Il sait bien grimper... Vois comme il grimpe vite. Le voilà tout en haut. Il veut attraper les oiseaux. Je t'en prie, Minet, ne prends pas les petits oiseaux qui chantent si joyeusement. Il tient un moineau dans sa gueule... Il l'aura bientôt mangé tout entier.

Non, voici encore deux ou trois plumes à terre... Elles sont tout ensanglantées... Pauvre moineau !...

—

Le chien aboie, le sanglier grogne, le cochon crie, le cheval hennit, le coq chante, l'âne brait, le chat miaule, le taureau mugit, la vache aussi, le veau et le mouton bêlent, le lion rugit, le loup hurle, le tigre gronde, le renard glapit, la grenouille coasse, le moineau ramage, l'hirondelle gazouille, la linotte et la fauvette chantent, le butor plonge, le pigeon roucoule, le dindon glousse, le paon crie, l'escarbot bourdonne, la sauterelle siffle, le canard barbotte, l'oie crie, le singe babille, le hibou gémit, la chouette soupire, le serpent siffle, Charles parle.

—

Quel est ce point de lumière verte, là, sous la charmille? Tiens, en voici un autre, et encore un autre. Ah! ils remuent!... Comme ils courent vite!... C'est du feu!... c'est comme des feux follets; ce sont comme de petites étoiles par terre.

Prends-en une dans ta main,
elle ne te brûlera point

Comme il s'agite dans ma
main.

Ma main est tout en feu.

Qu'est-ce que c'est?

Apporte-le dans la maison,
approche-le de la lumière.

Ah ! c'est un petit ver : c'est à
peine s'il brille maintenant.

On l'appelle un ver luisant.

Ne te souvient-il pas du champ
du feu ?

Dans certains pays, il y a des
insectes qui voltigent pendant les
soirées d'été et qui donnent beaucoup plus de lumière que le ver
luisant... Deux ou trois de ces
insectes réunis éclairent suffisamment pour lire. On les appelle
mouches de feu.

Un beau gros papillon de nuit vole dans la chambre, il voltige autour de la chandelle.

La lumière l'attire.

Je t'en prie, beau papillon, ne te brûle pas.

Chasse-le avec ta main.

Il revient toujours, je ne peux l'empêcher.

Il a brûlé ses antennes longues et minces, et ses ailes argentées.

Pourquoi veux-tu te brûler, pauvre papillon?

Il ne veut pas être prudent, il vole tout-à-fait sur la chandelle.

Il est brûlé à mort.

Le sot papillon ne savait pas ce qui pouvait lui faire du mal...

Non... de même que bien des petits garçons.

Les milans et les faucons mangent les poulets.

Les araignées font des toiles ; elles attrapent des mouches dedans et les mangent.

Les hiboux volent pendant la nuit.

Les bouchers tuent les moutons.

Le charpentier fait des tables et des boîtes.

Tu auras une boîte, avec une serrure et une clef.

Le charpentier a une scie, et une hache, et une plane, et une besaiguë, et un guillaume, et un villebrequin, et un ciseau, et une vrille, et des tenailles, et un marteau, et des clous, et un maillet.

Le cheval de Charles est cassé.

Portez-le chez le charpentier,
il le raccommodera.

˗ Charles est tombé et s'est
cassé la tête.

Le porterai-je au charpentier?

Non, sot garçon! les charpen-
tiers ne raccommodent pas les
têtes.

———

Les cordonniers font des souliers.

Les vieillards portent des lu-
nettes.

Les bons garçons aiment à lire.

Le barbier rase.

Venez, papa, asseyez-vous; il
faut que vous soyez rasé.

Voici le savon, la cuvette et
le rasoir.

Barbier, ne coupez pas papa.

Promenons-nous dans le jardin!

Voyons les fleurs et les pommiers, courons dans les allées sablées.

Où est le rouleau ? Allons, traînons le rouleau.

Courage, travaille bien, et je te donnerai peut-être un sou par jour. Tout le monde travaille, excepté les petits enfants au maillot, qui ne peuvent rien faire. Si tu es un bon garçon, tu auras un petit jardin à toi et une bêche pour labourer, et une binette, et un rateau, et une petite brouette : et surtout que je ne voie pas de mauvaises herbes dans ton jardin; tu auras soin de les arracher, et tu l'entoureras d'une petite palissade afin que les chats et les chiens ne puissent pas y entrer et l'abîmer.

Ensuite tu iras trouver le jardinier, et tu lui diras : « Je vous prie de me donner des graines ; » alors tu les sèmeras ; tu feras d'abord un petit trou dans la terre, puis tu les mettras dedans ; après quoi tu les couvriras de terreau, et elles pousseront. Tiens, voici de la graine de cresson et de la graine de laitues ; sème-la, et nous aurons de la salade. Arrose ton jardin. Charles, regarde ce groseiller : il n'était pas plus haut que cela lorsque nous l'avons planté, et maintenant il est beaucoup plus grand ; il est grand comme cela !

Le groseiller grandit.

Charles grandit-il ?

Oui, Charles ne pouvait pas atteindre à la table autrefois : maintenant il atteint beaucoup plus haut.

La table est-elle plus grande

qu'elle n'était il y a quelque temps?

Non, la table ne grandit pas.

Pourquoi la table ne grandit-elle pas, Charles?

—

Tiens, je t'apporte quelque chose de très joli : regarde ce grand verre rond qui est rempli d'eau.

Ah! il y a des poissons dedans ; qu'ils sont beaux et brillants ! Ils ont des écailles blanches, cramoisies, pourpres et dorées. Ce sont des poissons d'or et d'argent.

Comme ils frétillent dans l'eau !

Comme ils paraissent grands quand ils sont à l'autre bout du verre ! Tiens, tiens, en voilà un qui semble bien plus petit qu'il ne paraissait tout à l'heure. C'est parce que tu le vois moins au fond de l'eau.

Trouve-t-on ces poissons dans les rivières?... Ils ne se trouvent pas dans nos rivières : les poissons d'or et d'argent viennent de très loin : ils viennent de la Chine.

Vivront-ils dans ce verre?

Oui, et ils vivront presque sans manger. Quelquefois ils mangeront un peu de pain; mais l'eau les nourrira suffisamment pendant long-temps.

Ils sont très délicats, et leur existence est très fragile; souvent une nuée de grêle, un coup de tonnerre, passant au-dessus d'eux, les font périr, même dans leur propre pays.

Maintenant, pose le vase sur la fenêtre, au bon soleil!

—

Voici une bête à Dieu sur une

feuille ; elle est rouge avec des petites tacnes noires. Ah ! elle a des
ailes ! la voilà envolée. Voici un
escarbot noir , attrape-le. Comme
il court vite ! Où est-il allé ? dans
la terre. Il fait un petit trou et
disparaît.

—

Il fait froid , Charles !... très
froid ! Dis-moi comment cela s'appelle quand il fait froid ? Tu sais
que cela s'appelle hiver... Comment font les pauvres petits garçons qui n'ont pas de feu pour se
réchauffer... qui n'ont ni bas ni
souliers pour les garantir du froid ;
qui n'ont ni bon père , ni bonne
mère pour prendre soin d'eux, ni
leur donner de quoi se nourrir...
comment font-ils... les pauvres
petits ?

Ne pleure pas, Charles. Tiens, voilà un sou, et quand tu rencontreras un de ces pauvres petits garçons, tu le lui donneras. Il ira acheter du pain avec ce sou, car il a très faim... et il te dira : Je vous remercie, Charles, vous êtes très bon pour moi.

—

Sais-tu bien, Charles, que bientôt le temps va devenir encore beaucoup plus froid... et il tombera une grande quantité de neige... alors les petits rouge-gorge viendront voltiger vers les fenêtres.

Ouvrez la fenêtre! Hé bien, que demandes-tu, petit rouge-gorge? Seulement quelques miettes de pain. Donnez-lui quelques miettes, et il sautillera par toute la chambre, i se perchera sur le haut du paravent, et il chantera... il chantera toute la journée. Main-tenant, prends bien garde que Minet ne l'attrape ! Non, Minet, il faut que tu attrapes des souris, mais tu ne mangeras pas ce pauvre petit rouge-gorge.

—

Il y avait une fois un méchant garçon... Je ne sais pas comment il s'appelait. Ce n'était ni Char-les, ni Albert, ni Alphonse, car ces noms sont ceux de très bons garçons. Un jour il vint un rouge-gorge devant sa fenêtre : il fai-sait très froid... le pauvre oiseau était transi... son petit cœur était presque glacé... il tremblait et frissonnait à faire pitié. Le mé-chant garçon ne voulut pas lui donner la moindre petite miette de pain... mais il le tira par la queue, lui fit tant de mal que le pauvre oiseau mourut.

Quelque temps après cela, le papa et la maman de ce méchant garçon s'en allèrent et le laissèrent, et alors il ne put trouver de quoi se nourrir. Car tu sais qu'il ne pouvait pas prendre soin de lui-même. Aussi il allait vers tout le monde... en disant : Donnez-moi, je vous prie, quelque chose à manger, j'ai bien faim. Et chacun lui répondait : Non, nous ne vous donnerons rien, car nous n'aimons pas les enfants aussi cruels et aussi méchants que vous. Alors il allait et venait d'un lieu à un autre, jusqu'à ce qu'enfin il arriva dans un bois planté d'arbres hauts et touffus ; il ne savait comment retrouver son chemin. Alors la nuit vint ; la nuit noire... il s'assit et se mit à pleurer amèrement. Il ne pouvait plus sortir de ce bois, et je crois que les loups vinrent le manger, car depuis ce temps, personne n'a plus entendu parler de lui.

—

Je vais te dire une autre histoire.

Il y avait un petit garçon, qui n'était pas un grand garçon, car s'il eût été grand garçon, je crois qu'il aurait été plus sage ; mais c'était un petit garçon pas plus haut que cette table. Son papa et sa maman l'envoyèrent à l'école. C'était un matin, il faisait un temps très agréable : le soleil brillait, les oiseaux chantaient sur les arbres. Voilà que ce petit garçon n'aimait pas beaucoup à lire, car,

4

ainsi que je te l'ai déjà dit, il était
un sot petit garçon. Il avait donc
grande envie de jouer au lieu d'aller à l'école. Il aperçut une abeille qui volait d'abord sur une fleur,
ensuite sur une autre; il courut à
elle et lui dit : Jolie abeille ! veux-
tu venir jouer avec moi? mais l'a-
beille lui répondit : Non, je ne
dois pas être paresseuse, il faut
que j'aille recueillir du miel. Alors
le petit garçon rencontra un chien,
et lui dit : Chien ! veux-tu jouer
avec moi? mais le chien dit : Non,
il ne faut pas que je sois paresseux,
je vais attraper un lièvre pour le
dîner de mon maître... et je me dé-
pêche... Alors le petit garçon, passant près d'une meule de foin, vit
un oiseau qui tirait du foin après
la meule. Il lui dit : Oiseau ! veux-
tu venir jouer avec moi? mais l'oi-

seau dit : Non, il ne faut pas que
je sois paresseux, je vais chercher
du foin, de la mousse et de la laine pour construire mon nid. Disant cela, l'oiseau s'envola. Alors
le petit garçon vit un cheval, et
lui dit : Cheval ! veux-tu jouer avec
moi ? mais le cheval dit : Non, je
ne veux pas être paresseux, il faut
que j'aille labourer la terre, autrement il n'y aura pas de blé pour
faire du pain. Alors le petit garçon pensa en lui-même : Quoi,
personne n'est paresseux ! alors les
petits garçons ne doivent pas être
paresseux non plus. Ainsi il se hâta
d'aller à l'école ; il apprit très
bien sa leçon, et son maître dit
qu'il était un très bon garçon.

Adieu ! bonsoir !

Charles, combien il est utile de savoir lire !

Tu sais qu'il n'y a pas de bien longtemps, tu pouvais à peine lire des petits mots, encore étais-tu obligé de les épeler, c-h-a-t, chat ; c-h-i-e-n, chien ; maintenant tu peux lire de jolies histoires, et je vais en écrire pour toi.

Sais-tu pourquoi tu vaux mieux que Minette? Minette peut jouer aussi bien que toi, elle peut boire du lait et se coucher sur le tapis, et elle peut courir aussi vite que toi, et même beaucoup plus vite. Elle grimpe aux arbres bien mieux que toi, et elle peut attraper des souris, ce que tu ne peux pas faire. Mais Minette peut-elle parler? non. Peut-elle lire? non. Alors, voilà pourquoi tu vaux mieux que Minette, parce que tu peux lire et parler. Ton chien Pierrot peut-il lire ? non.

Veux-tu lui enseigner ?

Prends une plume, et montre-lui les mots. Non, il ne peut pas apprendre. Je n'ai jamais vu qu'un petit chien ou un petit chat puissent apprendre à lire. Mais les petits garçons peuvent apprendre; si tu n'apprends pas, Charles, tu ne pourras être bon à rien, et tu ne seras même pas aussi utile que Minette.

—

Quelle heure est-il, Charles ?

Il est douze heures, il est midi.

Viens dans le jardin. A présent, où est le soleil ? Tourne ta figure vers lui... Regarde-le : voici le sud. Toujours, lorsqu'il est midi et que tu regardes le soleil... ta figure est tournée vers le sud.

Maintenant, tourne vers ta main gauche. Regarde droit devant toi : voici l'orient. Dès le matin, lorsque le jour va paraître, il faut que tu regardes là, et bientôt tu verras le soleil se lever. C'est toujours là, le matin, qu'il faut chercher le soleil, car le soleil se lève à l'orient.

Maintenant, tourne le dos au soleil. Regarde droit devant toi : c'est le nord. A présent, tourne vers ta main droite, regarde droit devant toi : voici l'ouest. Lorsque tu as soupé, et que le soir approche, cherche le soleil juste à cette place, tu l'y trouveras toujours, parce qu'il se couche à l'ouest. Le nord s'appelle aussi septentrion ; le sud

ou midi ; l'orient, l'est, ou levant ;
et l'ouest, couchant ou occident.

Le vent souffle : de quel côté le
vent souffle-t-il ?·

Prends ton mouchoir, jette-le
en l'air. Le vent le pousse vers
nous. Le vent vient du nord. Le
vent est au nord. C'est un vent
froid. Hier le vent était au couchant, alors il faisait chaud.

—

La pluie vient des nuages. Regarde, voilà des nuages noirs.
Comme ils vont vite ! voilà qu'ils
ont caché le soleil. Ils ont couvert
le soleil justement comme tu cou-
vres ta figure lorsque tu jettes ton
mouchoir dessus.

Voilà encore un petit morceau
de ciel bleu. Maintenant, il n'y a

plus du tout de ciel bleu ; il est
entièrement obscurci par les
nuages.

Il fait très sombre : c'est comme
la nuit. Il va bientôt pleuvoir.
Voilà que ça commence. Quelles
grosses gouttes!... Les canards sont
bien contents, mais les petits oiseaux ne sont pas contents ; ils vont
s'abriter sous les arbres.

Voilà la pluie finie ; ce n'était
qu'une averse. Maintenant les fleurs
sentent bon, et le soleil luit, et les
petits oiseaux recommencent à
chanter, et il ne fait pas aussi
chaud qu'il faisait avant la pluie.

—

Nous souperons dehors.
Apportez-nous des fruits. Allons, prends ton chapeau : il fait
un temps très agréable. Mais il n'y

a pas de table : que ferons-nous ?
Oh ! voici un gros tronc d'arbre ;
il nous servira de table. Mais nous
n'avons point de chaises. Voici un
siége de fougère et un banc de gazon presque couvert de violettes.
Nous nous assiérons ici, toi et
Charlotte vous vous étendrez sur
le tapis : le tapis est dans le salon.
Oui : il y a un tapis dans le salon,
mais ici il y a aussi un tapis. Qu'est-
ce que c'est ? le gazon. Le gazon
est le tapis des champs. Doux et
jolis tapis vert ! et il est bien grand,
car il s'étend sur tous les champs,
sur toutes les prairies, et c'est très
agréable pour les moutons et pour
les agneaux qui se couchent dessus.
Je ne sais pas comment ils feraient
sans cela, car ils n'ont pas de lits
de plumes.

Voilà une belle soirée.

4.

Viens ici, Charles. Regarde le soleil. Le soleil est vers l'occident. Oui, le soleil est vers l'occident, parce qu'il va se coucher.

Comme il est beau!

Maintenant, nous pouvons le regarder. Il n'est pas aussi éblouissant qu'il était à l'heure du dîner, lorsqu'il était en haut du firmament.

Et comme les nuages sont beaux! en voilà qui sont pourpres, d'autres paraissent dorés, d'autres couleur de feu. Maintenant le soleil descend très rapidement.

Nous ne le voyons plus qu'à moitié! Maintenant nous ne pouvons plus le voir du tout. Adieu, soleil, jusqu'à demain matin.

Mais à présent, Charles, tourne ta figure vers le point opposé, vers l'orient. Qu'est-ce qui brille

ainsi derrière les arbres ? Est-ce un
feu ? Non, c'est la lune... Elle est
bien grande, et comme elle est
rouge... rouge comme du sang. La
lune est ronde maintenant parce
que c'est la pleine lune, mais elle
ne sera pas aussi ronde demain
soir ; elle diminuera un peu, la
nuit suivante elle diminuera un
peu plus, et davantage encore la
nuit d'après, et ainsi de suite, jusqu'à ce qu'elle ressemble à ton
arc lorsqu'il est tendu : alors elle
ne paraîtra qu'après l'instant où
tu te couches ; puis elle diminuera encore de plus en plus pendant
quinze jours... au bout de ce
temps, il n'y aura plus de lune :
alors, après cela, il paraîtra une
nouvelle lune, et tu la verras se
lever dans l'après-midi. Elle sera
d'abord à peine visible ; mais elle

grossira et deviendra plus ronde
de jour en jour, jusqu'à ce
qu'enfin, après quinze jours, elle
sera encore une pleine lune comme celle-ci, et tu la verras encore
se lever derrière les arbres.

———

Sais-tu comment se font ces rai-
sins secs? Tu sais bien que le raisin
vient sur la vigne. Dans un pays
très éloigné du nôtre, où le raisin
est bien plus gros que celui de no-
tre jardin, on prend les plus belles
grappes, on les met sécher au soleil, ensuite dans un four. Sais-
tu comment vient le sucre? Il y a
un pays où la terre produit des
cannes semblables à la canne de
ton grand-père : ces cannes sont
pleines d'un jus que l'on en fait
sortir en les pressant; ensuite on

le fait bouillir beaucoup et pendant longtemps, puis avec d'autres préparations, on en fait du sucre D'où vient le thé? Le thé est une feuille qui vient sur un buisson, et que l'on fait sécher beaucoup.

—

Charles désire du pain et du beurre. Mais le pain n'est pas cuit. Alors dites à Christophe de chauffer son four et de le faire cuire... Mais le pain n'est pas petri. Hé bien, dites à la petite Marguerite d'ouvrir le pétrin et de le pétrir. Mais la farine n'est pas moulue... Portez-la donc au moulin, et dites au meunier Roger de la moudre. Mais le bié n'est pas battu. Alors dites à Pierre de prendre son fléau et de le battre... Mais le blé n'est pas moissonné. Ordonnez à Nicolas, le faucheur, de prendre sa faulx et de le couper.

Mais le grain n'est pas semé... Dites à Richard le fermier de prendre la graine et de la semer. Mais le champ n'est pas labouré. Alors dites à Michel, le garçon de ferme, de prendre ses chevaux et de le labourer. Mais la charrue n'est pas faite. Alors il faut aller chez Godefroi Mailler, le charpentier, lui en demander une... Mais il n'y a pas non plus de soc à la charrue. Alors dites à Ferrand le serrurier de se mettre à son enclume et d'en forger un.

Maintenant nous n'avons pas de beurre. Rosalie, allez au marché, et achetez-en. Mais le beurre n'est pas battu... Prenez votre baratte, Madeleine, et battez-en... Mais la vache n'est pas traite...

Prenez votre terrine, Geneviève et allez la traire.

A présent, Marie, préparez à Charles une tartine de pain et de beurre.

—

Te rappelles-tu, Charles, la chenille que tu avais mise dans une boîte en papier, avec quelques feuilles de mûrier pour la nourrir? Allons la regarder. Ah!... elle est partie!... il n'y a plus de chenille.

Il y a quelque chose dans la boîte... je ne sais pas ce que c'est. C'est une petite boule jaune.

Ouvrons-la avec des ciseaux, peut-être trouverons-nous la chenille renfermée dedans.

Non, il n'y a pas autre chose qu'un petit ver, et je crois qu'il est mort, car il ne bouge pas.

Pince-le doucement à la queue.

Le voilà qui remue... il n'est pas tout-à-fait mort. Charles, ce petit ver est ta chenille, que l'on nomme .aussi ver à soie. C'est vraiment elle! Cette coque jaune est de la soie... La chenille a filé toute cette soie et s'est enveloppée dedans. Ensuite elle a été changée en ce petit ver, que l'on nomme chrysalide.

Prends-le, mets-le au soleil : nous reviendrons le regarder demain matin.

Hé bien, voilà qui est bien surprenant !... je ne trouve plus ta chysalide; ne l'avons-nous pas mise sur cette feuille de papier, hier soir?... Oui, certainement. Et personne n'est entré dans la chambre pour y toucher? Non, il n'est venu personne dans cette chambre. N'y a-t-il rien sur la feuille de papier? Si, il y a un papillon blanc. Je ne puis concevoir comment il est entré ici; car les fenêtres sont fermées... Peut-être la chysalide est-elle changée en papillon... Je crois que c'est ça... Et tiens, voilà la coque vide de la chrysalide, voici le trou par lequel le papillon est sorti... Mais le papillon est trop gros... cette coque ne pouvait le contenir... Cependant il y était, parce qu'il avait ses ailes repliées, et qu'il se tenait coi. Tu ne le crois pas, mon Charles, et cependant je t'assure que c'est la vérité... il en est ainsi de tous ces jolis papillons que tu vois voltiger dans le jardin : ils furent d'abord des chenilles rampant à terre,

Ecoute, Charles, tu ne dois pas
sortir tout seul dans les champs,
ni sans permission; tu sais bien
que tu es très petit garçon, et
que si tu t'aventurais à sortir tout
seul, tu te serais bientôt égaré :
alors tu pleurerais, et là nuit vien-
drait, et il ferait sombre et obscur,
et tu ne pourrais retrouver ton
chemin à la maison... et tu n'aurais pas de lit, tu serais forcé de
te coucher dans les champs, sur
l'herbe mouillée et froide, et peut-
être que tu mourrais ; ce qui
serait une bien triste histoire à
dire...

Je vais te raconter une histoire
sur un petit agneau.

Il y avait une fois un berger
qui avait beaucoup de brebis et

d'agneaux. Il en avait grand soin et les aimait beaucoup. Il leur donnait à manger de l'herbe tendre et fraîche, et à boire de l'eau bien claire ; s'il y en avait de malades, il les soignait avec bonté, et lorsque le troupeau montait une colline escarpée, il prenait dans ses bras le plus petit agneau et le portait jusqu'au haut. Pendant que tous ces moutons broutaient l'herbe dans les champs, il s'asseyait sur une pierre, et jouait de jolis airs sur son galoubet... de sorte qu'ils étaient les plus heureux moutons qui fussent au monde.

Quand arrivait le soir, il les rentrait dans la bergerie.

Sais-tu ce que c'est qu'une bergerie ?... Je vais te le dire.

C'est une espèce de cour, qui, au lieu d'être entourée de murs, n'est fermée que par des palissades très serrées, très rapprochees, afin qu'un animal destructeur, tel que le renard, le loup ou la fouine ne puisse s'y introduire... afin qu'aussi les moutons ne puissent en sortir. Hé bien, chaque soir, lorsque la nuit apportait la fraîcheur, le bon berger appelait son troupeau, brebis et agneaux, tous ensemble, il les rassemblait dans la bergerie, il les renfermait, et là ils étaient tous abrités chaudement et aussi bien que possible, et rien ne pouvait leur nuire ou les blesser, et les chiens couchaient au dehors pour les défendre; ils veillaient et aboyaient si quelqu'un approchait de la bergerie... Le matin, dès le point du jour, le berger ouvrait la bergerie et les laissait tous sortir dans la prairie.

Ainsi, comme je te l'ai déjà dit,
ils étaient très heureux, et
ils aimaient tendrement le berger
qui était si bon pour eux... tous
l'aimaient, excepté un sot petit
agneau. Ce petit agneau n'aimait
pas à être renfermé ainsi chaque
soir dans la bergerie, et il vint
trouver sa mère, qui était une
vieille brebis, pleine de sagesse et
de prudence, et il lui dit : Je ne
sais pas pourquoi nous sommes
ainsi renfermés chaque soir : à
quoi bon? les chiens ne sont pas
renfermés; pourquoi le serions-
nous plus qu'eux? Je trouve cela
bien dur, et, si je puis, je suis dé-
cidé à m'échapper; car j'aime à
courir partout où cela me plaît,
et je crois que ce doit être agréable
de se trouver dans les bois par le
clair de la lune... Alors la vieille

brebis lui dit : Tu es un petit agneau
bien sot, tu ferais beaucoup mieux
de rester dans la bergerie ; le berger a tant de bontés pour nous,
que nous devons toujours faire ce
qu'il désire. Si tu vas errer tout
seul au-dehors, je suis sûre qu'il
t'arrivera malheur. Je suis sûr que
non, dit le petit agneau. Ainsi,
orsque le soir arriva, et que le berger les appela tous pour les faire
rentrer dans la bergerie, il ne vint
pas, mais se glissa doucement derrière la haie, où il se cacha.

Lorsque tous les moutons furent
rentrés dans la bergerie, et bien
endormis, il se montra en sautant,
cabriolant de joie : bientôt il s'éloi-
gna du champ, et entra dans une
forêt épaisse et pleine de grands
arbres. Tout-à-coup un loup affa-
mé s'élance hors de sa caverne en

hurlant d'une manière effrayante et terrible.

Alors l'imprudent agneau regretta vainement de ne pas être enfermé dans la bergerie ; mais la bergerie était bien loin... et le loup eut bientôt aperçu le pauvre agneau · il se jeta sur lui et l'emporta dans sa sombre et triste demeure, qui était remplie d'os et de sang , et où il avait deux petits louveteaux. Le loup leur dit : Tenez , je vous ai apporté un jeune et gras agneau ; alors les deux louveteaux s'en emparèrent, grognèrent sur lui pendant quelque temps , ensuite le déchirèrent et le mangèrent.

Limoges. — Typ. F. F. Ardant frères.

www.ingramcontent.com/pod-product-compliance
Lightning Source LLC
Chambersburg PA
CBHW070747280626
47162CB00017B/2429